ANGUILLE SOUS ROCHE

COMÉDIE EN UN ACTE, MÊLÉE DE COUPLETS

PAR

M. JACQUES LAMBERT

Représentée pour la première fois, à Paris, sur le théâtre du PALAIS-ROYAL, le 9 janvier 1859.

PARIS
MICHEL LÉVY FRÈRES, LIBRAIRES-ÉDITEURS
RUE VIVIENNE, 2 BIS
—
1859

Distribution de la Pièce.

MAXIME, jeune médecin (29 ans).....	MM. POIRIER.
DE LA ROCHE (55 ans)............	L'HÉRITIER.
SIMONNET (50 ans)................	AMANT.
MATHIEU, baigneur employé à l'hôtel.	MICHEL.
MADAME DE LA ROCHE (28 ans)....	Mlle JULIETTE PELLETIER.
MADAME SIMONNET (40 ans).......	Mme DELILLE.
SOPHIE (18 ans)....................	Mlle VERNET.

La scène se passe à Trouville dans un hôtel meublé.

ANGUILLE SOUS ROCHE

Le théâtre représente un salon commun dans l'hôtel. Au fond, terrasse donnant sur la mer. Autour les portes des chambres avec leurs numéros : à gauche, 1 et 3 ; à droite 2, et 4. Une table à ouvrage au premier plan, gauche ; à droite premier plan, un très-petit guéridon ; deux chaises près de la table, une près du guéridon.

SCÈNE PREMIÈRE.

MATHIEU, seul. Il porte le paletot de Maxime. Il frappe à sa porte n° 2.

Monsieur Maxime, voilà votre paletot. Il n'y est pas, il paraît qu'il est sorti... Il aura été se promener sur la plage... Quelle idée ils ont, ces Parisiens, de courir le matin, comme des ahuris, au bord de la mer; moi je préfère boire mon petit vin blanc; du reste, M. Maxime me l'a ordonné. Voilà un médecin comme je les aime... il ne porte ni lunettes, ni cravate blanche ; il est jeune, bon vivant : je crois bien qu'il fait la cour au n° 4 ; enfin, *sufficit;* ça ne me regarde pas; à chacun son ouvrage ! (Le porte-cigare de Maxime tombe.) Tiens, il a laissé son porte-cigare. (Il l'ouvre, et prend un cigare.) Ça ne vaut pas une vieille pipe, c'est trop doux à fumer. (Il casse le cigare en deux et le chique.) Bon pour le rhume ! (Il entre dans la chambre de Maxime.)

SCÈNE II.

SIMONNET, puis MATHIEU *.

SIMONNET, appelant.

Maître Mathieu, où êtes-vous donc?

MATHIEU, sortant de la chambre.

Présent, monsieur Simonnet, je vous rame mes devoirs.

SIMONNET.

Et moi, pareillement; vous n'avez point reçu de lettres pour moi?

MATHIEU.

Faites excuse... Où diable est-elle, cette lettre?

SIMONNET.

Vous l'auriez perdue?...

MATHIEU.

Rien ne se perd chez nous. (Il cherche dans son chapeau, dans sa poche, et finit par trouver dans sa ceinture rouge la lettre toute froissée.) Je disais bien qu'elle n'était pas perdue. La voilà, votre lettre !

* S. M.

SIMONNET.

Ce chiffon!

MATHIEU.

Elle sera venue par le télégraphe électrique. Ne me parlez pas de ces nouvelles inventions...

SIMONNET, défroissant la lettre.

Ah! c'est de mon beau-frère.

MATHIEU.

Le mari du n° 4?

SIMONNET.

Oui, du n° 4. (Mathieu entre dans la chambre de Maxime.) « Mon cher Simonnet. Si les Nord sont en hausse, je vendrai et je partirai de suite, j'arriverai peut-être à Trouville en même temps que ma lettre; mais n'en dites rien à ma femme, je veux la surprendre agréablement. » Il ne faut jamais surprendre sa femme, de peur de l'être... surpris... désagréablement... « Embrassez-la pour moi. Si les Nord descendent au-dessous de 80, je vous en achèterai cinq. Tout à vous. — De La Roche.» De La Roche! Il y tient toujours, à son titre, ce cher Roche. (A Mathieu, qui ressort de la chambre.) Ma belle-sœur y est-elle?

MATHIEU.

Le n° 4 est sorti avec le n° 3.

SIMONNET.

Le n° 4, le n° 3. Vous pourriez bien dire : Votre belle-sœur est sortie avec votre dame et votre demoiselle.

MATHIEU.

Faites excuse... Si vous saviez tous les embarras que j'ai dans la maison! Il faut surveiller sans cesse si tout navigue proprement.

SIMONNET.

Et vous avez raison. L'œil du maître! Rien ne peut remplacer l'œil du maître. Tenez, moi, qui vous parle, sans ma surveillance de tous les moments, j'aurais été volé, archivolé... Vous ai-je raconté mon histoire de la faillite Potard.

MATHIEU.

Vous m'avez déjà fait cette faveur, à ce que je crois. (Il fait le geste de se raser.)

SIMONNET.

Alors, vous ne vous en souvenez pas; je vais vous la dire : Depuis quelques jours, on disait dans le quartier que les affaires de Potard...

MATHIEU, sans l'écouter.

N'est-ce pas que notre hôtel est commode? La mer vient baigner le bas de la terrasse. Les dames peuvent s'habiller dans leurs chambres, et, quand elles sont prêtes, elles n'ont qu'à sonner, et crac! je les prends dans mes bras, et je les descends à la mer.

SIMONNET, lui tapant sur le ventre.

Dites donc, maître Mathieu, vous menez baigner les dames,

vous les portez dans vos bras! Savez-vous que vous êtes un heureux coquin?

MATHIEU.

Je suis marin et Français; honneur au sexe! Et puis, c'est une affaire d'habitude. Le sexe il est trompeur : vous voyez passer une dame en grand flafla, bien gréée, bien radoubée, c'est gentil comme une corvette neuve; après, voyez-la en déshabillé, vous trouverez bien des avaries; *sufficit*.

SIMONNET.

Il ne faut pas toujours se fier aux apparences, c'est comme dans la faillite Potard...

SCÈNE III.

LES MÊMES, MADAME SIMONNET, un livre à la main, SOPHIE *.

SOPHIE, courant vers son père.

Bonjour, mon père.

SIMONNET.

Bonjour, ma fille. (A Mathieu.) Depuis quelques jours, on disait dans le quartier que les affaires de Potard étaient dans de mauvais draps.

MADAME SIMONNET, tendrement.

Bonjour, Paul **.

SIMONNET, distrait.

Bonjour, madame Simonnet. (A Mathieu.) Étaient dans de mauvais draps; mais moi, trop bon, je croyais ces bruits complétement faux...

MADAME SIMONNET.

Encore votre histoire... Mais, tout le monde doit la savoir par cœur; vous l'avez déjà racontée à tous les échos d'alentour.

MATHIEU, à part.

Gare à la bordée! il est temps de louvoyer.

SIMONNET.

Vous partez, maître Mathieu?... et je ne vous ai pas fini...

MATHIEU.

Sufficit, monsieur Simonnet, à une autre fois. (Il sort.)

SCÈNE IV.

LES MÊMES, moins MATHIEU ***. Sophie regarde au bord de la mer.

SIMONNET.

Eh bien! vous êtes contente; vous avez fait sortir ce brave homme.

MADAME SIMONNET.

Ah! il ne perd rien pour attendre; vous le rattraperez une autre fois.

* Sim. So. mad. Sim. M.
** So. mad. S. S. M.
*** So. mad. S. S.

SIMONNET, vexé.

Madame Simonnet, pourquoi venir toujours m'interrompre?

MADAME SIMONNET.

Et pourquoi venez-vous toujours nous raconter la même chose. Si encore c'était une histoire poétique; mais une histoire de Potard, une niaiserie...

SIMONNET.

Une niaiserie qui m'a empêché de perdre cinq mille deux cent soixante et quinze francs. Cette niaiserie vaut bien (Il lui prend le livre qu'elle a à la main.) vos... soupirs du cœur... brises de l'âme... rêveries du soir...

MADAME SIMONNET.

Laissez, monsieur Simonnet. (Elle reprend le livre.)

SIMONNET.

Un tas de billevesées.

MADAME SIMONNET, indignée.

Billevesées! ô homme prosaïque! vous ne comprenez rien aux choses du cœur...

SOPHIE.

Calme-toi, ma bonne mère, voici ma tante.

SIMONNET, à part.

Encore une qui comprend beaucoup trop les choses du cœur.

SCÈNE V.

LES MÊMES, MADAME DE LA ROCHE *.

SIMONNET, avec une galanterie affectée.

Ma charmante belle-sœur, je vous présente mes hommages.

MADAME DE LA ROCHE.

Monsieur Simonet, je vous salue... Pourquoi n'êtes-vous donc pas venu avec nous vous promener sur le rivage?

SIMONNET, saluant.

Vous êtes bien bonne.

MADAME SIMONNET.

Est-ce qu'il comprend quelque chose aux beautés de la nature?... Monsieur n'aime pas assister au lever du soleil.

SIMONNET.

A onze heures et demie!... (A madame de La Roche.) J'ai reçu une lettre de votre mari.

MADAME DE LA ROCHE.

Et revient-il bientôt?...

SIMONNET.

Mais dans deux ou trois jours...

MADAME DE LA ROCHE.

Déjà!...

* Mad. S. So. mad. de La R. S.

SIMONNET.

C'est peu flatteur pour lui.

MADAME DE LA ROCHE.

J'ai dit déjà, parce que mon mari ne sera pas avec nous huit jours, sans regretter sa bourse, son cercle, sa partie de dominos, il voudra alors me ramener à Paris, et je suis si bien auprès de vous. (Elle donne la main à sa nièce et à sa sœur *.)

SIMONNET, à part.

Et auprès de M. Maxime.

SOPHIE.

Mais nous te garderons, ma bonne tante.

MADAME SIMONNET.

Au moins nous nous comprenons toutes les deux.

SIMONNET.

Ce cher Roche.

MADAME DE LA ROCHE.

De La Roche.

SIMONNET.

Ah! c'est vrai ; ce cher de La Roche m'a chargé d'une commission pour vous.

MADAME DE LA ROCHE.

Et laquelle ?..

SIMONNET.

Il m'a prié de vous embrasser de sa part... il n'y a rien pour le commissionnaire. (Il s'avance vers elle *.)

MADAME DE LA ROCHE.

La commission n'est pas pressée. (Montrant sa sœur.) Adressez-vous à mon associée.

SOPHIE.

Eh bien ! embrasse-moi, mon père, et je rendrai le baiser à ma tante.

SIMONNET.

Tu es une bonne fille, toi. (Il l'embrasse.) Tu n'es pas comme certaines mijaurées de ma connaissance. Bonsoir, madame Roche.

MADAME DE LA ROCHE.

De La Roche... s'il vous plaît.

SIMONNET, en colère.

De La Roche!.. de La Roche!... Roche tout court, Madame. Je commence à en avoir assez de vous entendre rabacher votre *de*... Où l'avez-vous trouvé ce *de?*... qui vous a donné le droit de le porter?.. Que diable, souvenez-vous de ce que vous étiez il y a un an, madame Roche, vous étiez fille de boutique.

MADAME DE LA ROCHE.

Demoiselle de comptoir.

SIMONNET.

Et votre mari, ce pauvre Roche, que vous avez ennobli mal-

* Mad. S. mad. de La R. So. S.

** Mad. S. mad. de La R. S. So.

gré lui, c'était un honnête pharmacien. Sa fortune, dont vous êtes si fière, il l'a gagnée en vendant des... des ustensiles brevetés. Ne voilà-t-il pas de belles raisons pour lui appliquer un *de*...

MADAME SIMONNET.

Vous ne comprenez rien à ces délicatesses...

SIMONNET, allant à sa femme **.

Vous de même, vous voudriez en goûter du *de*... mais tant que je vivrai vous serez madame Simonnet née Gaudelu... (A madame de La Roche.) Vous aussi vous-êtes née Gaudelu.

SOPHIE.

Mon bon père, calme-toi *.

SIMONNET.

Oui, ma fille, je vais me calmer, mais toutes ces sottes prétentions m'irritent maintenant... tout le monde veut se donner un titre, et les plus petits veulent faire croire qu'ils sortent de la cuisse de Jupiter.

Air de *la Famille de l'apothicaire.*

De nos jours, bourgeois et marchands,
S'ils sont riches, ont la faiblesse
De vouloir imiter les grands;
Et de jouer à la noblesse.
Chacun fait broder un fleuron
Sur sa casquette héréditaire,
L'un d'épicier devient baron,
L'autre comte d'apothicaire.

MADAME DE LA ROCHE.

Comme vos fureurs menacent d'être aussi longues que l'histoire de Potard, nous allons vous céder la place.

SIMONNET, à Sophie.

Du tout!... c'est moi qui vais vous céder la place!... A l'honneur de vous revoir, madame la marquise de La Roche de Gaudelu. (Il sort.)

SIMONNET.

Mais il faut en finir;
Vraiment c'est à n'y plus tenir.
Bientôt un bon arrêt
Doit rabattre votre caquet.

MESDAMES SIMONNET, DE LA ROCHE, SOPHIE.

Certe il faut en finir;
Vraiment c'est à n'y plus tenir.
Je le dis à regret,
On se moque de votre arrêt.

* Mad. S. S. mad. de La R. So.
** Mad. S. S. So. mad. de La R.

SCÈNE VI.

LES MÊMES, moins SIMONNET.

MADAME SIMONNET.

Monsieur Simonnet, vous êtes un manant. Ah! ma sœur, je te demande bien pardon de cette algarade !

SOPHIE.

Ma bonne tante, ne sois pas fâchée; tu connais mon père, il s'emporte un moment, et deux minutes après il n'y pense plus.

MADAME SIMONNET.

Voilà les hommes, ils ne comprennent pas nos délicatesses de sentiment, à nous autres pauvres femmes.

MADAME DE LA ROCHE.

Qu'il y a loin de ce langage grossier au ton distingué de M. Maxime.

SOPHIE.

Vous avez bien raison, ma tante, M. Maxime est un jeune homme accompli.

MADAME SIMONNET, à part.

Est-ce qu'elle l'aimerait?

MADAME DE LA ROCHE, à part.

Est-ce qu'elle l'aimerait?...

SOPHIE.

Il a l'air si bon!

MADAME DE LA ROCHE.

Si discret!

MADAME SIMONNET.

Nous sommes bien heureuses d'avoir trouvé dans notre solitude un voisin aussi aimable.

SOPHIE.

Quoiqu'il soit médecin, je n'éprouve aucune frayeur auprès de lui.

MADAME SIMONNET.

Je lui trouve l'air rêveur de *Shakespire*.

MADAME DE LA ROCHE.

Il a le regard poétique.

MADAME SIMONNET.

Et il porte toujours des gants jaunes. (Elles s'asseyent à gauche, Sophie à droite.

SCÈNE VII.

LES MÊMES, MAXIME *.

(Maxime doit avoir un pantalon pareil à celui de Mathieu, soit blanc, soit nankin.)

MAXIME, saluant.

Mesdames, Mademoiselle!..

* Mad. S. mad. de La R. So.
** Mad. S. mad. de La R. M. S.

SOPHIE.

Monsieur Maxime, vous étiez sur la sellette.

MAXIME, prenant une chaise, au deuxième plan à droite.

Permettez-moi donc d'y rester... Ces dames daignaient s'occuper de moi ? (Il s'assied au milieu *.)

SOPHIE.

Vous êtes sur la sellette, parce que vous ne dansez pas *les Lanciers*.

MADAME DE LA ROCHE.

Parce que nous ne savons pas de quel pays vous êtes.

MADAME SIMONNET.

Parce que...

MAXIME, se levant.

Je demande la parole pour un fait personnel. Je suis de Paris et j'arrive de Madagascar.

TOUTES.

De Madagascar!...

MADAME DE LA ROCHE.

Et qu'alliez-vous faire dans cette galère?

MAXIME, se rasseyant.

Me promener pour mon agrément. Je dois vous dire préalablement qu'orphelin à l'âge de douze ans, je fus élevé par un vieil oncle, exerçant la profession assez vulgaire de...

MADAME DE LA ROCHE, à part.

De ?..

MAXIME, à part.

Je ne peux pourtant pas lui dire qu'il était apothicaire. (Haut.) C'était un agronome très-distingué, il a même inventé un nouveau système d'irrigation. Lorsque je fus reçu docteur, comme les malades n'assiégeaient pas littéralement ma porte, mon oncle me tint à peu près ce langage : « Mon cher Maxime, tu ne fais rien, tu ne gagnes pas d'argent, au contraire; il te faut voyager, je t'ai fait obtenir du gouvernement, une mission scientifique... » Quand un oncle commande, il faut obéir!.. Je quittai Paris et m'embarquai sur *la Vigoureuse* qui devait faire le tour du monde.

MADAME DE LA ROCHE.

Quel beau voyage! errer sur l'immensité des mers, cela élève l'âme.

MAXIME, à part.

Et soulève le cœur. (Haut.) Après quatre mois et demi de mal de mer, *la Vigoureuse* vint échouer à Madagascar; ayant pu heureusement nous sauver en canot, nous fûmes fort bien accueillis par les hommes et les femmes sauvages de l'endroit, et au bout de deux jours j'étais installé auprès de la reine Ranavalo en qualité d'accoucheur de sa cour. Je passai ainsi deux ans au milieu de mes nombreuses occupations. Ces deux années

* Mad. S. mad. de la R. M. So.

écoulées, comme je ne recevais plus de nouvelles de mon oncle, je revins en France... Débarqué, il y huit jours, au Havre, je voulus prendre les bains de mer pour me reposer de ma longue traversée : mon heureuse étoile m'a conduit près de vous, Mesdames (Il se lève et porte sa chaise au deuxième plan, à gauche.) Et voilà pourquoi, Mademoiselle, je ne sais pas danser *les Lanciers*. Du reste, je recevrai avec plaisir des leçons, si vous voulez bien m'en donner, vous, ou madame de La Roche.

MADAME DE LA ROCHE.

A la condition que monsieur le docteur me payera en consultations.

MAXIME, galamment.

Je vous devrai encore du retour.

MADAME SIMONNET, passant à lui.

Alors je veux vous faire payer d'avance *.. Depuis quelques jours ma fille n'est plus dans son assiette ordinaire, elle a des migraines, des tristesses...

MAXIME.

A votre âge, Mademoiselle; mais c'est très-sérieux ; veuillez me dire quel mal vous éprouvez ?

SOPHIE.

Air de 33,333.

Mes bons parents me rendent bien heureuse,
Et mes désirs sont pour eux une loi.
Près d'eux pourtant je soupire rêveuse ;
Souvent je pleure, et sans savoir pourquoi.

MAXIME.

La guérison est facile à prescrire,
Et j'en réponds. Il vous faut simplement
Bijoux, velours, dentelles, cachemire,
Le tout offert par un mari charmant.

SOPHIE, à part.

Certainement, c'est une déclaration.

MADAME SIMONNET.

Elle a le temps, elle est si jeune.

SOPHIE.

Dix-huit ans, ma mère.

MADAME SIMONNET.

Vous n'en avez pas quinze pour la raison... (Sophie baisse les yeux.) Et puis les hommes ne sont plus ce qu'ils étaient autrefois.

MADAME DE LA ROCHE.

Ma sœur, il est encore des exceptions.

MAXIME, à part.

Je crois qu'elle m'a regardé.

MADAME SIMONNET.

Je parle en général. (Avec exaltation.) Autrefois ils étaient ga-

* Mad. de La R. mad. S. M. S.

lants empressés. Pour mériter l'écharpe d'une belle, ils accomplissaient des choses chevaleresques ; aujourd'hui ils fument, ils jouent sur la rente. Ah ! il n'y a plus de chevaliers que dans les livres...

MAXIME, à part.

Et dans l'industrie.

MADAME SIMONNET, prenant son livre sur la table, à gauche.

Je vais relire le Chant du troubadour.

SOPHIE, prenant un album sur le petit guéridon.

Et moi peindre ce rhododendron que vous avez envoyé à ma tante.

MADAME SIMONNET, à sa sœur.

Tu m'attendras pour le bain, j'irai avec toi *.

Air des *Barrières*. (MANGEANT.)

MADAME SIMONNET, SOPHIE.

Au revoir, Monsieur, nous espérons bien
Reprendre avec vous cet aimable entretien.
Oui, nous vous laissons; sâchez, cher docteur,
De votre malade calmer la douleur.

MAXIME.

Au revoir, Madame, et j'espère bien
Reprendre avec vous cet aimable entretien.
Puissé-je en ce jour, habile docteur,
De Madame, ici, calmer la douleur.

MADAME DE LA ROCHE.

Au revoir, ma sœur; oui, j'espère bien
Reprendre ce soir cet aimable entretien.
Et par son talent, notre cher docteur
Saura bien, ici, calmer ma douleur.

(Madame Simonnet et Sophie rentrent au nº 3, deuxième plan, à gauche.)

SCÈNE VIII.

MAXIME, MADAME DE LA ROCHE **.

MAXIME, à part.

Mettons les instants à profit. (Haut, reprenant la chaise qu'il a laissée au deuxième plan, à gauche.) Maintenant, Madame, je suis tout prêt à vous éclairer de mes faibles lumières; parlez, votre docteur vous écoute. (Il s'assied.)

MADAME DE LA ROCHE, assise à droite à la place qu'occupait Sophie.

Monsieur Maxime, j'ai consulté à Paris plusieurs médecins, et tous m'ont ordonné les bains de mer.

MAXIME.

Mais pourquoi ?

MADAME DE LA ROCHE.

M. de La Roche, mon mari, craint de voir éteindre son nom...

* Mad. de La R. mad. S. S. M.
** M. mad. de La R.

MAXIME.

Et on vous a ordonné les mains de *mer*... (A part.) Mes confrères de Paris aiment à jouer sur les *mots*.

MADAME DE LA ROCHE.

Est-ce qu'ils ont eu tort?

MAXIME.

Je ne dis pas cela; mais vous, Madame, y pensez-vous! à votre âge, il faudra renoncer aux plaisirs, au bal, ah! ce serait un crime! attendez donc d'avoir trente-cinq ans.

MADAME DE LA ROCHE.

M. de La Roche descend d'une famille dont la noblesse remonte aux croisades; c'est le dernier rameau d'une souche illustre, vous comprenez...

Air de *Lauzun*.

Sans héritier, notre noble écusson
S'effacerait sans laisser nulle trace,
Tout s'éteindrait; mais un jeune garçon
Perpétuerait l'honneur de notre race.

MAXIME.

Oui, je le vois, de votre ancien blason,
Pour rajeunir les vieilles tranches,
A cet arbre sans rejeton
Vous voulez ajouter des branches.

MADAME DE LA ROCHE.

Vous comprenez, M. de La Roche est bien vieux, et si un malheur arrivait à mon mari, sa fortune passerait à d'avides collatéraux; tandis qu'avec un héritier...

MAXIME, à part.

C'est une femme de précaution.

MADAME DE LA ROCHE.

Ai-je bien fait de venir à Trouville?

MAXIME.

Certainement. (Il rapproche sa chaise.) Ici l'air est très-sain, le climat tempéré, nous nous livrerons à de longues promenades; je veux vous entourer des soins les plus délicats et me consacrer entièrement à votre santé. (Il rapproche sa chaise, madame de La Roche se recule.)

MADAME DE LA ROCHE.

Continuons la consultation.

MAXIME, froidement.

Madame, veuillez me donner votre main.

MADAME DE LA ROCHE.

Ma main, Monsieur!..

MAXIME, lui pressant la main sur son cœur.

Il faut que je m'assure de l'état de votre pouls.

MADAME DE LA ROCHE.

Mais ce n'est pas ainsi...

MAXIME.

Oui, autrefois la vieille école... mais les jeunes médecins en agissent autrement.

MADAME DE LA ROCHE.

Si c'est l'ordonnance! (Maxime lui embrasse plusieurs fois la main.) Monsieur... Monsieur... (Simonnet paraît, lisant son journal.) On vient. (Elle se lève.)

MAXIME, à part, se lévant et laissant sa chaise en place.

Atroce Simonnet!

SCÈNE IX.

LES MÊMES, SIMONNET *.

MADAME DE LA ROCHE.

Eh bien! mon aimable beau-frère, que lisez-vous donc de si intéressant?

SIMONNET, à part.

Toujours ensemble. (Haut.) Ne m'en parlez pas; il n'y a rien sur le journal, pas le moindre petit crime; mais je ne vous dérange pas?

MADAME DE LA ROCHE.

Voici bientôt le moment de prendre notre bain, et je n'aurais garde de désobéir à mon docteur.

MAXIME, avec intention.

Surtout à un docteur aussi exigeant.

MADAME DE LA ROCHE, saluant.

Messieurs... (Elle rentre au n° 4, premier plan, à droite.)

MAXIME, à part.

Elle est ravissante...

SCÈNE X.

MAXIME, SIMONNET, lisant le journal **.

SIMONNET.

Ah! ah! la Bourse a monté, nous ne tarderons pas à voir mon beau-frère. (Appuyant sur ce dernier mot.)

MAXIME.

M. de La Roche?

SIMONNET.

Oui, M. de La Roche. (A part.) Ça n'a pas l'air de lui faire plaisir. (Haut.) Il m'a écrit qu'il viendrait s'il y avait encore de la hausse.

MAXIME.

Et l'attendez-vous bientôt?

SIMONNET.

Mais demain, peut-être même aujourd'hui.

* M. S. mad. de La R.
** M. S.

MAXIME, à part.

Bigre! et ma campagne amoureuse!.. il n'y a pas de temps à perdre!

SIMONNET.

Il lui tarde sans doute de venir auprès de sa femme.

MAXIME, à part.

Quel moyen employer!

SIMONNET, avec une intention marquée.

Voilà bientôt huit jours que nous sommes ici, et un mari ne doit pas abandonner son épouse aussi longtemps...

MAXIME, à part.

Il faudrait trouver quelque chose de chevaleresque, comme dit madame Simonnet.

SIMONNET.

Voyez-vous, en ménage comme en affaires, on ne doit jamais s'absenter de peur de concurrence. Tenez, moi qui vous parle, sans ma présence continuelle... Vous ai-je déjà raconté la faillite Potard?

MAXIME, à part.

Caressons sa manie. (Haut.) Vous ne me l'avez pas encore racontée. (A part.) aujourd'hui...

SIMONNET.

On disait dans le quartier que les affaires de Potard étaient dans...

MATHIEU, entrant, à Simonnet *.

Monsieur Simonnet, il y a un Monsieur qui vous demande avec un sac de nuit.

SIMONNET.

Fais-le venir.

MAXIME.

Le sac de nuit?.. avec le monsieur... (Mathieu sort. — Haut.) Je vous laisse...

SIMONNET.

Une autre fois je vous finirai mon histoire, vous m'y ferez penser.

MAXIME.

Au plaisir! (A part.) Que pourrais-je bien inventer!.. (Il sort par la chambre nº 2.)

SCÈNE XI.

SIMONNET, DE LA ROCHE **.

SIMONNET.

Qui peut venir me demander?

DE LA ROCHE.

Me voilà enfin, mon brave Simonnet!

SIMONNET.

Eh! c'est ce cher Roche!

* Max. S. Math.
** De La R. S.

DE LA ROCHE.

N'oubliez donc pas de dire de La Roche; ce n'est pas que j'y tienne, mais c'est ma femme qui le veut absolument.

SIMONNET.

Je vois avec plaisir que vous êtes toujours le même, vous vous portez à merveille. Mazette ! quelle tenue !.. costume de baigneur, dernier genre !..

DE LA ROCHE.

Vous trouvez ?

SIMONNET.

La jaquette, le panama de rigueur !

DE LA ROCHE.

Et pas cher ! vingt-cinq francs... Je vous recommande mon chapelier Alain, place de la Bourse !.. Et ma femme ?..

SIMONNET.

Elle va comme un charme. Je ne vous attendais que demain.

DE LA ROCHE.

Les Nord étaient en hausse; il n'y avait pas moyen d'acheter, et puis tous les amis sont à la campagne, on ne peut plus faire sa partie de dominos, alors je me suis empressé de venir. Et que faites-vous ici ?

SIMONNET.

Le matin, nous nous promenons, nous nous baignons, nous mangeons, nous bâillons au bord de la mer, et le soir nous remangeons, nous rebâillons.

DE LA ROCHE.

Mais, madame de La Roche m'a écrit qu'elle était très-heureuse ici, qu'elle passait le temps agréablement avec sa sœur et sa nièce...

SIMONNET.

Oh ! votre femme !

DE LA ROCHE.

Eh bien quoi, ma femme ?

SIMONNET.

Sufficit, comme dit Mathieu.

DE LA ROCHE.

Que signifient ces réticences, parlez, je vous en prie...

SIMONNET.

Nous sommes une paire d'amis, n'est-ce pas ?

DE LA ROCHE, lui prenant la main.

Certainement... mais ma femme ?..

SIMONNET.

Voyez-vous, de La Roche, les hommes doivent s'aider mutuellement et s'avertir lorsqu'il y a du danger.

DE LA ROCHE.

Mais vous me faites trembler.

SIMONNET.

Et je me trouverais en pareille occurrence que je serais très-content si un ami voulait bien me prévenir.

DE LA ROCHE.

Enfin, me direz-vous?..

SIMONNET, lui prenant la main.

Ah! mon cher ami... (A l'oreille.) il y a anguille sous roche.

DE LA ROCHE.

Qu'est-ce que vous me chantez!..

SIMONNET.

En d'autres termes... mais, vous ne m'en voudrez pas, c'est dans votre intérêt...

DE LA ROCHE.

Achevez donc!

SIMONNET, mystérieusement.

Eh bien, il y a... qu'un jeune homme fait la cour à madame de La Roche.

DE LA ROCHE.

Ah bah! et que dit ma femme?

SIMONNET.

Oh! je réponds d'elle, ce n'est rien jusqu'à présent, le jeune homme...

DE LA ROCHE, inquiet.

Où est ma femme maintenant?

SIMONNET.

Chez elle, au n° 4... Ce ne sont encore que de petites politesses, de petits compliments, des fadaises; mais, voyez-vous, un bon averti en vaut deux, et il vaut mieux porter un parapluie par un beau soleil que d'essuyer un orage faute de précaution.

DE LA ROCHE.

Heureusement que cela n'est rien... Vous m'avez fait peur, nous aviserons. (Fausse sortie *.)

SIMONNET.

Surtout ne dites pas que c'est moi...

DE LA ROCHE.

Soyez sans crainte, je ne suis pas un jeune étourdi.

SIMONNET, à part.

Malheureusement.

DE LA ROCHE.

A tout à l'heure. (Il entre au n° 4.)

SIMONNET, riant.

Il est vexé, M. de La Roche.

MATHIEU, entrant **.

Savez-vous si vos dames sont prêtes pour le bain?

SIMONNET.

Est-ce que les femmes sont jamais prêtes... (Il sort par le fond.)

* S. de La R.
** S. M.

SCÈNE XII.

MATHIEU, MAXIME. Ils doivent avoir un pantalon pareil, soit blanc, soit nankin *.

MAXIME.

J'ai trouvé mon affaire... Mathieu, écoute ici.

MATHIEU.

J'écoute.

MAXIME.

As-tu été amoureux?

MATHIEU.

Mais z-oui.

MAXIME.

As-tu quelquefois éprouvé de ces moments de délire où on donnerait sa fortune, sa vie, ou n'importe quoi pour pouvoir parler à l'objet aimé?...

MATHIEU.

Mais z-oui... c'est-à-dire...je ne crois pas.

MAXIME.

Voilà vingt francs.

MATHIEU.

Merci.

MAXIME.

Donne-moi ta veste.

MATHIEU.

Et pourquoi faire?

MAXIME.

Parle plus bas.

MATHIEU, très-bas.

Et pourquoi faire?

MAXIME, ôtant son habit qu'il place sur la chaise près de lui, et mettant la veste de Mathieu après avoir d'abord mis la ceinture.

Ton chapeau, ta ceinture.

MATHIEU.

Et puis...

MAXIME.

Et puis je prendrai ta place et je mènerai baigner une personne à qui je désire parler. (Il met le chapeau.)

MATHIEU, riant.

Ah! pour celle-là elle est bonne. (A part.) Farceur de Parisien. (Haut.) Et qui est-ce?..

MAXIME.

Voilà encore vingt francs pour te rendre discret.

MATHIEU.

Sufficit.

MAXIME.

Suis-je ressemblant?

* Math. Max.

MATHIEU.

Ah! fameux!

MAXIME.

Air : Au temps heureux de la chevalerie.

Les dieux, jadis, pour séduire une belle,
Se déguisaient en nuage de feu.
En taureau blanc, en monnaie, en mortelle,
Je fais comme eux, je me change en Mathieu.
Nymphes, bercez sur un flot diaphane
Et protégez un amoureux triton.
Je vais surprendre en son bain ma Diane...
Ce n'est pas moi qui serai l'Actéon.

MATHIEU.

Ah! ah! ah!.. Je ne sais pas ce que c'est qu'Actéon, mais ça devait être tout de même un fameux... Enfin, *sufficit*.

MAXIME, lui donnant ses habits.

Emporte tout dans ma chambre et restes-y. (Fausse sortie *.)

MATHIEU.

A propos, vous oubliez quelque chose.

MAXIME.

Donne vite.

MATHIEU, montrant sa chique.

Ça...

MAXIME.

Quoi ça?

MATHIEU.

Je ne fume pas pour ne pas incommoder le sexe... mais la...

MAXIME, le poussant.

Veux-tu bien...

MATHIEU, rentrant.

Vous avez tort, on vous reconnaîtra...

SCÈNE XIII.

MAXIME, seul, puis la voix de MADAME DE LA ROCHE, puis MADAME SIMONNET, en costume de bain.

MAXIME, seul.

Et maintenant du toupet. (Grossissant sa voix et frappant au n° 4.) Madame de La Roche êtes-vous prête?

MADAME DE LA ROCHE, dans la coulisse.

Ah! c'est vous, maître Mathieu, je ne prendrai pas de bain aujourd'hui...

MAXIME.

V'lan...

* Max. Math.

MADAME DE LA ROCHE, dans la coulisse.

Mon mari vient d'arriver et je ne veux pas le laisser seul.

MAXIME.

Son mari... quelle tuile!.. Ces choses ne sont faites que pour moi... Donnez-vous donc bien du mal pour voir tout vos projets tomber dans l'eau.

SCÈNE XIV.

MAXIME, MADAME SIMONNET *.

MADAME SIMONNET, sortant de sa chambre en costume de baigneuse; costume de laine noire, bonnet de toile cirée.

Me voici, maître Mathieu.

MAXIME, enfonçant son chapeau, à part.

A l'autre maintenant... Deuxième tuile!

MADAME SIMONNET.

Puisque madame de La Roche ne vient pas, vous commencerez par moi.

MAXIME, à part.

Triste compensation...

MADAME SIMONNET.

Qu'attendez-vous?

MAXIME, ee cachant la figure.

Un mal de dents atroce.

MADAME SIMONNET.

Cela se passera à la mer... Venez donc, maître Mathieu.

MAXIME, à part.

Ah! je voudrais bien pouvoir m'en aller. (Madame de La Roche entr'ouvre sa porte.) Bloqué** !

MADAME DE LA ROCHE.

Bien du plaisir, ma sœur. (Elle referme sa porte.)

MAXIME.

Troisième tuile! Allons... (A part.) Oh! c'est affreux!

MADAME SIMONNET.

Eh bien! Mathieu?..

MAXIME, haut.

Détrompez-vous, Madame, ce n'est pas lui...

MADAME SIMONNET.

Ah!.. monsieur Maxime!.. grand Dieu!.. (Elle cherche à se cacher.) Mais c'est très-mal, Monsieur, si l'on vous voit ainsi, me voilà compromise.

MAXIME, à part.

Et moi, donc!.. (Haut.) Croyez bien, Madame...

* Mad. S. M.
** Mad. S. M. mad. de La R.

MADAME SIMONNET, à part, avec exaltation.

C'est égal, c'est chevaleresque !..

DE LA ROCHE, en dehors.

Oui... attends-moi... je reviens...

MADAME SIMONNET, effrayée.

Mon beau-frère... je suis perdue... Ah !.. (Elle pousse un cri en voyant s'ouvrir la porte du numéro 4 et se sauve chez elle.)

MAXIME.

Courons retrouver Mathieu et reprendre mes habits... (Il se précipite et heurte violemment de La Roche qui entre.)

SCÈNE XV.

MAXIME, DE LA ROCHE.

DE LA ROCHE, entrant.

Madame Simonnet !.. Aïe !.. butor ! (Il le retient par le bras.) Vous m'avez écrasé le pied *.

MAXIME.

C'est vous, au contraire.

DE LA ROCHE, le regardant fixement.

Eh ! mais je ne me trompe pas...

MAXIME, à part.

Ciel ! mon oncle ! (Haut.) Je vous dis que vous vous trompez, vous me prenez pour un autre...

DE LA ROCHE.

Comment ! c'est vous, Maxime, vous que je croyais à Madagascar, dans cet accoutrement?

MAXIME.

C'est le costume officiel à la cour de la reine Ranavalo.

DE LA ROCHE.

A d'autres, mon neveu; on n'en conte pas aux vieux renards. Pourquoi êtes-vous revenu en France sans ma permission?

MAXIME.

Mais je suis majeur, mon oncle, et je n'avais pas besoin de votre autorisation pour rentrer en France. Du reste, j'éprouvais le besoin de revoir ma patrie, ma belle patrie !..

DE LA ROCHE.

Et pourriez-vous me dire pourquoi je vous trouve ainsi déguisé ? Quelle est cette nouvelle fredaine ?

MAXIME.

Je vais tout vous dire. (A part.) Ça le fera rire, il sera désarmé. (Haut.) Entre garçons, on peut s'avouer cela... Sachez donc qu'en débarquant je trouvai ici une personne charmante, tête un peu romanesque... je lui fis la cour.

DE LA ROCHE.

Comment la nommes-tu?

* De La R. M.

MAXIME.

Ah! je ne veux pas la compromettre... Comme je désirais vous rejoindre à Paris au plus tôt...

DE LA ROCHE.

Pour me demander de l'argent?..

MAXIME.

Ah! mon oncle... J'employai un subterfuge, afin de lui peindre ma flamme loin des regards jaloux, car elle est très-surveillée.

DE LA ROCHE.

Il y a un mari?

MAXIME, riant.

Il y a un mari!.. Cela vous fait rire?.. Çà, mon oncle, ces pauvres maris, leur en avez-vous fait voir de cruelles dans votre jeune temps!

DE LA ROCHE, se défendant.

Peuh!

MAXIME.

Ne soyez pas si modeste, on sait ce qu'on sait... dans la rue Saint-Martin on se souvient encore des exploits amoureux de l'oncle Roche.

DE LA ROCHE.

A propos, ne m'appelle pas ainsi; j'avais oublié de te dire que depuis un an je me nomme de La Roche...

MAXIME, cessant de rire.

De... de... de La Roche! mais alors cette dame de La Roche qui est ici?..

DE LA ROCHE.

C'est ma femme.

MAXIME.

Votre femme! (A part.) Et moi qui allais lui dire...

DE LA ROCHE.

Cela t'étonne? (A part.) Serait-ce, par hasard, ma femme?..

MAXIME, à part.

C'était ma tante. (Haut.) Ah! vous vous êtes marié en catimini, sans m'avertir?

DE LA ROCHE.

Tu es charmant, ma parole. Depuis quand les oncles ont-ils besoin de l'autorisation de leurs neveux?..

MAXIME.

C'est une lacune dans le Code civil: Et qui vous a soufflé cette belle idée?

DE LA ROCHE.

Après ton départ, je me sentis si isolé, que je voulus me faire un intérieur.

MAXIME.

Il fallait me rappeler.

DE LA ROCHE.

Pour me faire encore des dettes ?.. Mais finis-moi donc ton histoire.

MAXIME.

Non, finissez la vôtre.

DE LA ROCHE.

Bref, je me mariai...

MAXIME.

Et moi... que vais-je devenir ?

DE LA ROCHE.

Deviens sage et marie-toi. Je serai toujours le même à ton égard, et tu peux, comme auparavant, compter sur mon héritage...

MAXIME.

Ce bon oncle.

DE LA ROCHE.

Si je n'ai pas d'enfants.

MAXIME, à part.

Je vois maintenant pourquoi ma tante est venue aux bains de mer.

DE LA ROCHE.

Revenons à ta belle. (A part.) Je tiens à m'assurer...

MAXIME.

Oh! c'est bien simple à dire (A part.) Que vais-je lui raconter. (Haut.) Figurez-vous... (On entend la voix de Simonnet.)

SIMONNET, au dehors.

Mon beau-frère est chez lui?.. bien...

MAXIME.

Mais j'entends M. Simonnet; s'il me voyait sous ce costume tout serait perdu.

DE LA ROCHE, le retenant.

Comment! c'est donc sa femme?..

MAXIME, se sauvant.

Silence.

DE LA ROCHE.

Ah! ah!.. ce pauvre Simonnet qui m'avertissait, tandis qu'au contraire... Ah! ah! ah!.. Puth!.. c'est égal, il a bien mauvais goût, mon neveu !

SCÈNE XVI.

DE LA ROCHE, SIMONNET *.

SIMONNET, avec mystère.

Eh bien, qu'avez-vous découvert ?

DE LA ROCHE.

Ah! mon brave Simonnet!

* S. de La R.

SIMONNET.

Ah! mon pauvre de La Roche!

DE LA ROCHE.

Il est des occasions où les hommes doivent s'entr'aider.

SIMONNET.

Ce cher de La Roche.

DE LA ROCHE.

Ce cher Simonnet!

SIMONNET.

Que savez-vous?

DE LA ROCHE.

Je ne sais comment vous dire...

SIMONNET.

Ne craignez rien, versez vos chagrins dans le sein d'un ami.

DE LA ROCHE.

Oui, j'ai appris... affreuse révélation!... qu'il faisait la cour à... non, je n'oserai jamais...

SIMONNET.

A votre femme?...

DE LA ROCHE.

Vous l'avez dit... à votre femme.

SIMONNET.

A ma femme, à moi?

DE LA ROCHE.

Hélas! oui.

SIMONNET.

C'est impossible!...

DE LA ROCHE.

Il me l'a dit lui-même.

SIMONNET.

C'était pour détourner vos soupçons.

DE LA ROCHE.

Je vous assure que c'est votre femme!...

SIMONNET.

Je vous certifie que c'est la vôtre.

DE LA ROCHE, s'animant.

J'en suis sûr!...

SIMONNET, de même.

Et moi aussi.

DE LA ROCHE.

Je l'ai vu... vous dis-je!...

SIMONNET.

Je l'ai vu aussi... de mes propres yeux vu...

DE LA ROCHE, en colère.

Mais sapristi!... je n'ai pas la berlue!...

SIMONNET, de même.

Mais nom d'un p'tit bonhomme me croyez-vous aveugle!...

DE LA ROCHE.

Eh bien ! puisque vous ne voulez pas me croire, et que le cas est obscur, je vais vous donner une recette infaillible.

SIMONNET, à part.

Une recette !... vieil apothicaire...

DE LA ROCHE.

Lorsque ces dames seront réunies, venez d'un air effaré leur annoncer qu'un malheur quelconque est arrivé à M. Maxime, nous jugerons d'après leur effroi...

SIMONNET.

Je le veux bien ; l'épreuve ne vous sera pas favorable, mon cher de La Roche.

DE LA ROCHE.

C'est ce que nous verrons, mon cher Simonnet.

ENSEMBLE.

Air : *Guerre, guerre à l'étrangère.*

Hardiment j'accepte l'épreuve ;
D'avance vous êtes vaincu.
Et puisqu'il vous faut une preuve,
Quand vous aurez vu
Et tout entendu
Vous serez... convaincu...
(Ils sortent.)

SCÈNE XVII.

MAXIME. Il a quitté ses habits de baigneur, il entre les bras croisés, la tête basse.

J'ai fait la cour à ma tante... et un peu plus j'allais tout dévoiler à mon oncle !... quelle faute !... Bigre ! ma tante, mais cela change la thèse !... Je veillerai sur elle, je m'institue son gardien à perpétuité, je m'implante à ses côtés comme ces mannequins qu'on attache aux cerisiers pour éloigner les moineaux. Mais la voici ; prenons l'air gourmé et sentencieux d'un pédicure... le neveu reste et l'amoureux s'évanouit. (Il remonte au fond.)

SCÈNE XVIII.

MAXIME, MADAME DE LA ROCHE.

MADAME DE LA ROCHE, entrant, pensive, sans voir Maxime *.

Oui... je dois me l'avouer à moi-même, M. de La Roche a bien fait de revenir. Je ne puis, sans émotion, songer à ce jeune homme... et notre entrevue de ce matin est toujours présente à ma pensée.

* Mad. de La R. M.

MAXIME, à part.

Quel air triste et ennuyé!... elle pense à son mari, sans doute... (Haut.) Hum!... hum!...

MADAME DE LA ROCHE, sortant de sa rêverie.

Ah! monsieur Maxime... pardon... je vous apprendrai une nouvelle...

MAXIME, très-gourmé.

La nouvelle doit être heureuse, puisque c'est vous qui l'apportez. (A part.) C'est assez plat.

MADAME DE LA ROCHE.

Mon mari vient d'arriver, et, si vous le désirez j'aurai l'honneur de vous présenter à lui.

MAXIME, de même.

Comment donc, Madame, ce sera pour moi un honneur et un plaisir... (A part.) Elle ne sait rien encore... je n'oserai jamais lui dire que je suis son neveu... (Il remonte.)

MADAME DE LA ROCHE.

Je pense qu'il ne tardera pas de rentrer, et si vous voulez bien me tenir compagnie en attendant... (Elle s'assied. Silence. Maxime reste droit.) Vous ne vous asseyez pas?... (Il s'assied loin d'elle.) Si loin de moi?... (Avec coquetterie.) Est-ce que je vous fais peur *?...

MAXIME, à part.

Oïe!... oïe!... voilà le feu qui commence!...

MADAME DE LA ROCHE, de même.

Me garderiez-vous rancune, pour mes petits reproches de ce matin?...

MAXIME, à part.

Sentinelle, prenez garde à vous!... (Haut.) Vous ne le pensez pas, Madame.

MADAME DE LA ROCHE.

Je viens d'avoir, avec mon mari, une importante conversation... et j'ai... à vous faire une confidence...

MAXIME, à part.

Sapristi!... Mais, à chaque instant le danger augmente!

MADAME DE LA ROCHE, rapprochant sa chaise.

Puisque vous devenez raisonnable, voici ma main...

MAXIME.

Votre main?...

MADAME DE LA ROCHE.

Mais ne m'assuriez-vous pas ce matin... ne disiez-vous pas...

MAXIME.

C'est inutile, j'ai envie d'employer une autre méthode... (A part.) de sauvetage.

MADAME DE LA ROCHE.

Comme vous êtes changeant...

* Mad. de la R. M.

Air : *Puisque nous sommes au bal.*

Vous me disiez ce matin même
Que toujours un bon médecin,
D'après votre nouveau système,
D'abord doit vous prendre la main.
Dans une ordonnance savante
Vous me faisiez même l'aveu
Que cette main était charmante.

MAXIME, à part.

Si je n'étais pas son neveu...

(Après un moment d'hésitation, il lui prend la main à part.)

MADAME SIMONNET, en dehors.

Ma sœur !... ma sœur !...

MAXIME, à part.

Elle vient à propos ! (Il sort par le fond à droite en laissant sa chaise au deuxième plan, un peu à droite.)

MADAME DE LA ROCHE.

Que veux-tu ?

SCÈNE XIX.

MADAME DE LA ROCHE, MADAME SIMONNET *.

MADAME SIMONNET.

Tu n'étais pas seule, je crois ?

MADAME DE LA ROCHE.

Mais si fait.

MADAME SIMONNET.

Il me semble pourtant avoir entendu deux voix !

MADAME DE LA ROCHE.

Ah ! oui, il y a un moment c'était mon mari.

MADAME SIMONNET.

Oui... il est arrivé, je le sais ! Tant mieux, car il ne restera pas longtemps ici, et nous repartirons ensemble.

MADAME DE LA ROCHE.

Comment, tu veux repartir, quand ce matin même tu parlais d'habiter Trouville pendant toute la belle saison ?..

MADAME SIMONNET.

C'est vrai, mais j'ai changé d'avis. (A part.) Il faut que je fuie cet aimable chevalier.

MADAME DE LA ROCHE.

Qui t'a inspiré une résolution aussi subite ?

MADAME SIMONNET, avec pudeur.

Ne me le demande pas, ma sœur. (A part.) Il en mourra peut-être, mais je ne faillirai pas.

MADAME DE LA ROCHE.

C'est donc un bien grand secret ? Tu vas me le dire ?

MADAME SIMONNET.

Non, plus tard.

* Mad. de La R. mad. S.

SCÈNE XX.

LES MÊMES, SOPHIE, DE LA ROCHE *.

SOPHIE.

Tu ne sais pas, ma bonne mère, mon oncle connaît M. Maxime, et tu ne devinerais jamais ce qu'il m'a appris de lui.

MADAME SIMONNET, à part, avec effroi.

Est-ce qu'on aurait découvert..?

SOPHIE.

Je te le donne en cent.

DE LA ROCHE.

Même en mille**.

SOPHIE.

C'est... c'est...

DE LA ROCHE.

Mon neveu...

MADAME SIMONNET, à part.

Oh!

MADAME DE LA ROCHE, à part.

Son neveu!.. (Haut.) Vous ne m'avez jamais parlé de ce neveu... d'Amérique.

DE LA ROCHE.

Il ne donnait plus de ses nouvelles, je le croyais perdu; maintenant je pense que vous voudrez bien l'accueillir.

MADAME DE LA ROCHE.

Si c'est votre désir, mon ami, on s'y conformera.

SOPHIE.

Alors c'est mon cousin, n'est-ce pas, ma tante? quel bonheur***!

MADAME SIMONNET.

Quel bonheur! ma fille, je vous trouve bien inconsidérée, ce n'est pour vous qu'un étranger.

SOPHIE.

Si je m'exprime ainsi, ma mère, c'est que je vous ai toujours entendu dire que M. Maxime était charmant. (Madame Simonnet rougit.)

DE LA ROCHE, à part, l'observant.

Elle a rougi; c'est elle... bravo!

SOPHIE.

Vous, ma tante, vous le trouvez si aimable! (Madame de La Roche baisse la tête.)

DE LA ROCHE, à part, même jeu.

Ma femme a pâli!.. bigre!

* Mad. de La R. So. mad. S.
** Mad. de La R. de La R. So. mad. S.
*** Mad. de La R. So. de La R. mad. S.

MADAME DE LA ROCHE.

Certainement je ne m'en dédis pas, j'ai toujours reconnu en M. Maxime un médecin aimable, un homme distingué...

SCÈNE XXI.

LES MÊMES, SIMONNET, MATHIEU, puis MAXIME *.

SIMONNET, entrant effaré.

Ah ! Mesdames, quel affreux événement ! (Les acteurs sont ainsi placés : madame de La Roche, Simonnet, de La Roche, madame Simonnet, derrière; au deuxième plan, Sophie, Mathieu.)

MADAME DE LA ROCHE.

Est-ce encore l'histoire de la faillite de Potard ?

SIMONNET.

Figurez-vous que tout à l'heure je me promenais philosophiquement sur le galet, lorsque deux souliers et un chapeau viennent échouer à mes pieds.

MADAME SIMONNET, à part.

Quel pressentiment !

SIMONNET.

Mathieu a cru reconnaître ces objets comme appartenant à M. Maxime.

MADAME DE LA ROCHE.

Vraiment ?

SIMONNET.

Il faut qu'il se soit noyé. (Chacune des trois femmes se trouve mal, madame de La Roche sur la chaise à côté de Simonnet, madame Simonnet à côté de de La Roche, et Sophie à côté de Mathieu sur la chaise qu'a laissée Maxime.)

SIMONNET, à part, joyeux.

Bon ! c'est sa femme... j'en étais sûr...

DE LA ROCHE, à part, joyeux.

C'est sa femme... je l'avais bien dit... (Tous deux se tournent l'un vers l'autre et se prennent la main.)

SIMONNET.

Ce pauvre de La Roche !

DE LA ROCHE.

Ce pauvre Simonnet ! (Chacun voit alors sa femme évanouie et se précipite vers elle.)

ENSEMBLE.

Ma femme... sapristi !..

DE LA ROCHE ET SIMONNET, sévèrement.

Madame, Madame, revenez à vous !.. Mathieu, des sels, du vinaigre ! (Mathieu quitte Sophie, Maxime entre, Mathieu lui dit quelques mots à l'oreille.)

* Mad. de La R. S. de La R. mad. S. So., deuxième plan.

MAXIME, à part.

La petite !.. Ma foi... c'est ma seule branche de salut.... (Il se met à genoux près de Sophie *.)

MADAME DE LA ROCHE, revenant à elle.

Ce n'est rien... un éblouissement... le soleil...

MADAME SIMONNET, revenant à elle.

Oui... le soleil... la chaleur...

DE LA ROCHE ET SIMONNET.

C'est bien étonnant!

MADAME DE LA ROCHE, montrant Maxime et Sophie qui revient à elle.

Mais voyez donc...

SIMONNET, à Maxime.

Que faites-vous ici?

MAXIME, à Simonnet.

Je venais vous demander la main de Mademoiselle.

SOPHIE, avec joie.

Ma main !..

SIMONNET, à part.

C'était pour ma fille ** !...

MADAME SIMONNET, à part.

Homme généreux, quel dévouement chevaleresque !

MAXIME, à madame de La Roche.

Il me faudrait aussi le consentement de ma tante.

MADAME DE LA ROCHE, à part.

C'est pour me sauver. (Haut.) Je pense que monsieur Simonnet n'a pas de motifs pour refuser...

MADAME SIMONNET.

Quant à moi je consens de grand cœur...

SIMONNET.

Puisque ma femme...

SOPHIE.

Ah! mon bon père, quelle peur vous m'avez faite !..

DE LA ROCHE.

Il est marié, je suis plus tranquille!

SIMONNET, à part.

C'est égal, on ne m'ôtera pas de l'idée... Enfin, c'est son affaire!

DE LA ROCHE.

Maintenant, mon neveu, range-toi, montre-toi digne de Sophie, et, je ne te dis que ça!.. Nous vivrons ensemble... ta tante y consent... (A sa femme.) Sois gentille avec lui. (Haut.) Vous serez nos enfants!

* Mad. de La R. de La R. M. So. mad. S. S.
** De La R. mad. de La R. M. So. mad. S. S.

MAXIME.

Nous serons heureux d'être toujours auprès de vous. (A part.) Je vais établir un camp d'observation, et, comme Achille, je garderai ma *tente*.

CHOEUR.

Air de *la Poupée de Nuremberg.*

Vivons unis; mais entre nous
Plus jamais de soupçons jaloux;
Et prudemment fermons les yeux,
C'est le secret pour être heureux.

FIN.

LAGNY. — Imprimerie de VIALAT.

www.ingramcontent.com/pod-product-compliance
Ingram Content Group UK Ltd.
Pitfield, Milton Keynes, MK11 3LW, UK
UKHW020439220726
13923UKWH00005B/2215